Ante-sala

ASTRID CABRAL

Bem-Te-Vi

Bem-Te-Vi Produções Literárias
Av. Presidente Wilson, 231, 10º andar, Centro
Rio de Janeiro – RJ Cep 20030 021
e-mail: bem-te-vi@bem-te-vi.net
www.editorabemtevi.com.br

Editoras responsáveis
Vivi Nabuco e Lucia Almeida Braga

Editoria executiva
Lélia Coelho Frota

Assessor especial
Fernando Pedreira

Assessoria jurídica
Manoel Nabuco

Design gráfico
Fernanda Pinto

Editoração eletrônica
Marcello Braga Machado

Comissão de Poesia da Coleção Canto do Bem-Te-Vi

Armando Freitas Filho
Lélia Coelho Frota
Lúcia Almeida Braga
Luiz Paulo Horta
Silviano Santiago

Revisão dos autores

CIP-BRASIL. CATALOGAÇÃO-NA-FONTE
SINDICATO NACIONAL DOS EDITORES DE LIVRO, RJ
C117a
Cabral, Astrid, 1936-
Ante-sala : poemas / de Astrid Cabral. - Rio de Janeiro : Bem-Te-Vi, 2007.
(Canto do Bem-Te-Vi)

ISBN 978-85-88747-25-8

1. Poesia brasileira. I. Título. II. Série.
07-0216. CDD: 869.91

CDU: 821.134.3(81)-1

19.01.07 24.01.07 000203

ASTRID CABRAL: NO LIMITE DO SER

Igor Fagundes*

Se não se espera, não se encontra
o inesperado, sendo sem caminho de
encontro nem vias de acesso

Heráclito, fragmento 18

Aos que esperam a grande hora e na *ante-sala* se põem, o novo livro de poemas de Astrid Cabral revela: aqui, *ante-sala* jamais será um mero lugar onde, em dado momento da vida, colocamo-nos para, adentrando-o, alcançarmos outro, largo e confortável. Na ontológica *ante-sala* poetizada por Astrid, não entramos. Ela é a própria "passagem" por onde se fundam todas as entradas. Nela, desde sempre, estamos, "perplexos nos lançamos / ou, dizendo melhor, lançados fomos", em desconfortável – porque desconcertante – aventura de nos querermos largos, em meio ao estreito de que é feito o provisório de uma trilha: "Queres o longe horizonte / onde terra e céu se casem", diz, de nós, esta poesia a nos flagrar com "os olhos / embrulhados / em dobras e sombras".

Em Astrid Cabral, a idéia de *ante-sala* redimensiona o apelo de sentido ofertado pela imagem do horizonte, com a vantagem de tornar imanente, "ao rés do chão", a experiência de pensar o enigma da finitude. Ambas as imagens – ante-sala e linha do horizonte – constituem-se e nos constituem como hiato entre o aqui e o lá, o antes e o depois, o conhecido e o desconhecido, a perdurar, enquanto vivos estivermos, na expectativa de ver o invisível, decifrar o indecifrável, atingir o inatingível: "ficamos sempre aquém da nítida linha onde o ouro / de um pormenor esplende". Porque esse fio de horizonte por onde nos movemos nunca será nítido; porque embaça-se a cada momento e embaçar nossa vista é o que inaugura este lugar do *entre* – o *nosso* lugar – a sinalizar, na possibilidade de algum mensurável e cognoscível, a permanência de um velado campo de forças do não mensurável e do incognoscível: "Por mais claras / seguem escuras / as ante-salas", reiteram os versos da poeta.

Quando tantos outros livros de poemas elegem o mesmo tema da finitude humana, Astrid Cabral tem o mérito de se destacar na medida em que se põe à altura das exigências de nosso tempo. Não apenas porque, no verso livre, híbrido de prosa e coloquialismo, a autora rompe com a linguagem empolada e clássica freqüente entre os que abordam a morte. Se no primeiro bloco de poemas ainda predomina certa meditação metafísica, a derradeira seção do livro, intitulada "Ao rés do chão", emerge de uma percepção do tempo em um mundo *concreto* e *cotidiano*. Um "*mac* mundo" construído entre "*donald ducks*" e "*cokes*", diria a autora, no qual "a torre abolida" é um "espetáculo devidamente televisionado" e a *ante-sala* é vivida num "dia de verão qualquer / no labirinto dos *shoppings*", enquanto "os homens tomam sorvete".

Nesse sentido e sugerindo um diálogo entre os dois blocos do livro, a segunda parte confirma, à sua maneira, o que a poesia de Astrid anuncia desde o início, no primeiro poema da coletânea, o homônimo "ante-sala": "Este o mundo / de mistérios / refratários / a microscópios // Este o mundo / de muralhas inexpugnáveis a máquinas". Nos versos que abrem o poemário, parece não ser gratuita a incidência do pronome demonstrativo "este", repetido duas vezes (sem contar a variação feminina do "esta", na última estrofe) e inscrito, enfaticamente, no início dos períodos.

A linguagem fala-nos: o "mundo de mistérios" é "este" e não outro. O mundo e os mistérios estão *aqui*, rentes e palpáveis como as ante-salas, e não apenas diante de nós, etéreos e distantes, no depois de uma linha do horizonte ("Do coração / a ânsia de luz: timbre do além?"). Menos que distante e mais do que rente em "cadeiras de balanço" ou em "abraços de poltrona", a finitude *atravessa-nos* o "corpo real de gente / carne osso unhas e dentes", por meio de "hóspedes assíduas, bastante íntimas" às quais "bulas / e dicionários específicos" chamam "artrite, artrose, cirrose / otoesclerose, osteoporose". E enquanto "mede-se a distância / entre vocábulos e fatos", no limiar entre o dentro e o fora de nós, "a retina não alcança / o que escondido se trama".

Ora como dado espacial em que se inscreve o tempo, ora imagem para além da espacialização e da temporalidade, *ante-sala* vibra enquanto imagem-questão que se remete e remete-nos à dinâmica do próprio *ser* em experiência. Ser *como* aprendizagem, véspera de um perpétuo a *mais*; encontro total, holístico com a Terra e os demais entes, uma vez que somos parte daquela e cúmplice destes. Lemos em "Transitória":

Enquanto
folhas folham
árvores arvoram
e o dia irradia
sigo
figo
no ramo da tarde.

Até que a noite anoiteça
o fruto apodreça
e na terra em fome
tombe
sem alarde.

Nesses versos, a voz lírica delicadamente ressalta o excesso poético do real; o espanto frente a isto que, a despeito da transitoriedade dos seres, está *sempre a surgir* e não cessa de manifestar-se, *acontecer* ao nosso redor e dentro dos viventes – isto é, a natureza – e que, por arrebatar-nos, impele-nos a perguntar *o que ela é e o que somos.*

Em "Transitória", a poeta *é* figo que, um dia, apodrecerá e tombará "sem alarde", pois, independentemente de seu fim, as "folhas" continuarão a "folhar", "as árvores" seguirão arvorando e "o dia", depois da noite, sagrará seu retorno. Ouvimos em outro momento: "*o mundo só acaba pra quem morre*". E é esse o susto a que nos leva o acontecer poético da vida, concebida como *élan* que permanece mudando e que, mudando, permanece. Poesia e filosofia reúnem-se, como é esperado em Astrid Cabral, na *Ante-sala.* A tensão entre o que permanece e o que muda, o que se manifesta e o que se retrai é a motivação original dos questionamentos do filósofo e, aqui, de uma poeta que enuncia: "Só a mudança é sempre".

Por isso, *ante-sala* – a imagem, o poema, o livro – desperta a sabedoria de que a arte não é algo que possa ou não ocorrer a um ser humano e, sim, de que *só somos* quando dimensionados pelo fundamento da arte, deste acervo de possibilidades que não se esgota em uma realização – atrito insolúvel entre o velado e o desvelado, silêncio e voz, sombra e luz, morte e vida em só momento incandescente de disputa e aliança:

> Porque vida é morte adiada
> e a hora que sobra, dádiva
>
> porque piso ossos descarnados
> e na carne ancestrais guardo
>
> porque de salões de festa
> desenterro cemitérios
>
> chamo à vida sobremorte
> e à morte sobrevida.

Desse modo, não é de se espantar que, em um livro a respeito da morte, vida seja o nome de batismo. Afinal, não é o viver o que se inscreve na condição de *ante-sala*? Não é a nossa travessia o lançar-se no pensamento sobre a finitude, a partir da consciência dele? Este "atravessar o entrave / a treva, a carne"? Este "atravessar o ser" para "dar na outra margem"? Porque não morremos um dia. Morremos enquanto vivemos. Porque morremos, porque vamos deixar de estar vivos, é que morremos e *vivemos todos os dias*. A palavra poética traz esta força de experiência inaugural: "até se me quedo imóvel / vôo".

Fazer com que nos experimentemos como ambíguos e em liminaridade – *seres-no-mundo* e *seres-para-a-morte* – é a motivação de toda verdadeira obra de arte. E de todo ser humano – "por mais que nos olhemos, / o eclipse será sempre total". E por estarmos abertos a esse invisível, imersos no desconhecido, é que podemos ver, conhecer, ou ainda: *querer* ver e conhecer. Poetar, na livre construção do que somos a partir do que não somos, a partir do abismo que incessantemente nos solicita o salto, a um só tempo, mortal e primordial. Porque, nascidos, *somos* na medida em que a sala – o fim, o ponto de chegada – vigora em nós como nossa primeira e última véspera e, portanto, nosso ponto de partida –, o começo originário a tecer-se e tecer-nos como sentido do agir, uma vez que todos buscamos ser felizes: "encarar a morte: / ela não é força que amor mate ou de vez nos aparte". Morte, amor, mito: *eros* e *thanatos*.

Na pista de um pensador como Martin Heidegger, pensar-poetar é pensar a morte, da morte, na morte, o que o homem é como *eros*, amor, doação, entretecer-se de dor e felicidade em que o humano *se dá*. Nesse hiato em que se enlaçam *eros* e *thanatos*, a poesia acena a possibilidade de sermos livres, ainda que inevitável a finitude; infinitos em meio à brevidade, no movimento de um contínuo principiar e vir-a-ser – ante-sala do destino: "timbre ou arrimo?"; "ossos ou estrelas?". Mas "tudo não tem sua hora de queda? / O próprio céu não sofre fraturas? Toda paz, a rigor, não é trégua?". Afogados em questões, ficamos, na *ante-sala*, com a poeta:

> Nada sei a não ser
> este desejo infinito
> de um Deus explícito.

* Poeta, jornalista, ensaísta, mestrando em Poética pela Universidade Federal do Rio de Janeiro, autor de *Por uma gênese do horizonte*, *Sete mil tijolos e uma parede inacabada* e *Transversais*.

Para Afonso Felix de Sousa,
agora em plena sala.

Um está sempre no escuro, só no último derradeiro é que clareiam a sala.

Guimarães Rosa
Grande sertão: veredas

ANTE-SALA

Este o mundo
de mistérios
refratários
a microscópios.

Este o mundo
de muralhas
inexpugnáveis
a máquinas.

Aqui a noite
opaca e parca
de estrelas.

Aqui os olhos
embrulhados
em dobras e sombras.

Esta a ante-sala:
áspera espera
de outra era.

TIMBRE OU ARRIMO?

Por mais claras
seguem escuras
as ante-salas.

O que reina
em chão clausura
não transpõe soleira.

Nem se revela
por nenhuma fresta
a mitigar cegueira.

Do coração
a ânsia de luz
timbre do além?

Ou mera ilusão
arrimo para a alma
do fim refém?

OSSOS OU ESTRELAS?

Imóvel nos gonzos
não logramos mover
a porta chumbo da morte.

Dizia Van Gogh
ser preciso morrer
para alcançar as estrelas.

Alçar-nos-emos até elas
ou prisioneiros na gaiola
dos ossos não lograremos
libertar-nos da terra ?

GRADES

Assim, embalando a linda
ilusão da liberdade
foges, corres e te evades.
Rejeitas o chão dos montes
que te atrapalha a passagem.
Queres o longe horizonte
onde terra e céu se casem.
As asas do sonho aos ombros
vais de cidade em cidade
casa em casa, loja em loja.
Quebras ferrolhos e portas.
Rompes cadeados e chaves.
Inútil qualquer esforço.
Nunca te sentirás livre.
Vê: por toda parte há grades.

A PORTA ARROMBADA

Alguns arrombaram a porta
sentinela do segredo.

Reféns do pânico?
Órfãos da esperança?
Famintos do mistério?
Interrogavam-se os demais
decifrando frágeis indícios
em caligrafias de adeus.

Como interpretar os gestos?
Seriam de máscara ou verdade
as palavras nas mensagens?
Que coragem, diziam uns.
Que covardia, diziam outros.

Invejariam os circunstantes
o acesso à última sala?
Ou cautelosos temeriam
a passagem revelada?

PASSAGEM

Atravessar o mar
a vela, a nado.

Atravessar a terra
a pé, de carro.

Atravessar a cor
às cegas, em claro.

Atravessar a dor
a ópio, a espasmos.

Atravessar o entrave
a treva, a carne.

Atravessar o ser.
Dar na outra margem.

O DERRADEIRO INSTANTE

Quando os amigos se reuniram
a seu redor, ele já havia ido embora:
cerradas pálpebras, não mais os miúdos
olhos míopes atrás das lentes grossas.
Nem a eloqüência ágil das palavras
em atropelo, boca e narinas lacradas
por chumaços de algodão e silêncio.
No caminho entre a capela e o túmulo
a cremação seria melhor disse alguém.
Para quem? Certamente para nós:
assim poupados do momento amargo
a dor no peito e na garganta o travo.
Antes a despedida num relance
sem a pesada imagem da ruína
ameaça de faca sobre a costa.
Mas ao morto, o que mais lhe conviria:
desfazer-se num átimo de forno
ou lento partilhar da primavera
enredado entre múltiplas raízes
nutrindo os ínfimos irmãos da treva?
A decisão tomada em vida, apenas
escolha inconseqüente feita às cegas.
No reino impenetrável do mistério
quem, afinal, do melhor saberia.

ENTRE JARDINS

Sobre a calçada, paineiras
desmoronam a primavera.

No lixo pistilos juntam-
se a alvos cabelos caídos.

Murcho debaixo de chuvas
assassinada por luas.

Em mim, porém, reina a fé:
noutro jardim vou nascer.

Envergarei outras cores
em nova forma de ser.

TRANSITÓRIA

Enquanto
folhas folham
árvores arvoram
e o dia irradia
sigo
figo
no ramo da tarde.

Até que a noite anoiteça
o fruto apodreça
e na terra em fome
tombe
sem alarde.

PEDIDO

Amigos, quando eu morrer
não comprem ramos de flores
para mascarar o túmulo.
Por que o corte dos caules
se a morte já me corta?
Que eu fique em diálogo mudo
com as raízes do mundo.

SUBTERRÂNEA

Os tempos de rio passaram.
Sou montanha impassível:
a roupa das estações
de leve me aflora a pele.
O eterno é que me veste.

MORROS E COGUMELOS

Os morros não morrem.
Omoplatas e espáduas
de granito calcário ferro
contemplam soberanos
o inquieto barro dos homens
esses breves cogumelos
brotando e mergulhando
séculos após séculos
nos troncos da terra.

EU EM PAPEL

Não tarda serei retrato.
Olhos abertos mas cegos.
Boca e lábios despidos
de palavras e sorriso.
Orelhas em sentinela
inútil à mudez do nada.
Nariz incapaz de faro.
O corpo sem peso e gesto
refém da pele papel.

Até que a enchente o arraste
ou um incêndio se alastre
deixando o rastro da cinza.

E o vento que sopre em cima.

INVISÍVEIS

Mortos evaporaremos
e seremos invisíveis
tal e qual a cor dos *quarks*
a mola atrás dos milagres
a chave-mor dos mistérios
os dedos de Deus nos céus.

NO COLO DO ANJO

Empoleirado
na torre do meu sonho
um anjo resplandece.

Cílios cintilantes
estrelas nos olhos
ele me acena com plumas
e me abraça com asas.

Juntos vagamos
entre rastros de astros
a cavalgar nuvens
por planícies etéreas
até que me sinto serena.

É como se mudo dissera
não temas véus ou névoas
qualquer neblina passa.
Mas eis que então fala:

Não sejas cega, menina.
O olhar de Deus tudo abarca.
Só os homens têm pálpebras.

SÓS

Embora
alguns laços
somos
sem remédio
sós.

Quem sabe
do medo
da miséria
do segredo
de cada um?

À parte
algum abraço
profundo
algum encontro
fecundo

cada um de nós
é mundo à parte.
Vive em Marte.
Somos sós.

O SELO DA SOLIDÃO

Entre a luz anfitriã
à chegada
e o mergulho no escuro
à partida
o selo da solidão.
Rompê-lo?
Em vão.
Sobra o amor
ilusória união.
Bela, mas
falsa flor.

TEATRO

Lá, muito além das galáxias
Ele, o Dramaturgo-Mor
sua solidão vencendo
cria, dirige e contempla
no vasto palco da Terra
a plurinfinita peça
encenada sem cessar.
Enquanto atores e atrizes
nós, mínimos mamulengos,
entre urzes do matagal
desempenhamos papéis
cegos ao próximo lance
e do enredo conhecendo
tão só o desfecho fatal.

ELES E NÓS

Moradores de remotas órbitas
encastelados em alturas etéreas
de longínquas galáxias
os deuses gargalham
de costas para nós.
Nós, humílimas formigas
trabalhando com afinco à toa
cigarras cantando a sina da morte
baratas tontas fugindo da vassoura.

DESAFIO

Décadas de aprendizagem
amarga e árdua.
Pouco progresso
mas não desisto.
Persigo o desafio
do imenso labirinto.
Nada sei a não ser
este desejo infinito
de um Deus explícito.

CONHECER-SE

A gente se despe em frente
a espelhos e ousa enfrentar-se.
Porém não há mesmo como
ver-se, blindada a alma
e as costas inalcançáveis.
Somos opacos, translúcidos
apenas a radiografias.
Contudo resta a ânsia
de bem nítido nos vermos
na dimensão do real.
Mas, por mais que nos olhemos,
o eclipse é sempre total.

HERANÇA

Bênçãos e maldições vêm de bem longe
embaladas em ovos, sangue e esperma
em arquivos que jazem sob a terra
lacrados, chaves já perdidas no ontem.
Os vivos farejamos crus mistérios
e giramos perguntas parafusos
que mal roçam a cútis dos arcanos:
o olhar terá nascido no jurássico?
o tom de tez e voz será adâmico?
de quem decorre esta imprevista herança
de sermos o que bem ou mal nós somos?
Família, amor, jogo de sexo e espelhos
por onde assim perplexos nos lançamos
ou, dizendo melhor, lançados fomos.

COMPANHIA

É uma presença sem corpo
transparente.
É uma presença tácita
silenciosa.
É presença sem partilha
recolhida.
É uma presença ubíqua
íntima.
É uma presença discreta
eterna.
É uma presença sutil
invisível.
Sinto-a a meu lado
sombraluz
enxotando o recinto
exíguo
onde vacilo.

ÚLTIMAS PERGUNTAS

Que aéreas remotas rotas
passeará minha Avó agora
corpo despido de sombra
mais leveza de ave cósmica.

Que anjos, querubins e arcanjos
cruzam-lhe incorpóreos passos
por esse anônimo espaço
território da esperança.

A retinas clarividentes
livres pra sempre da física
e metafísica cegueira
que estrelas cintilarão.

No amplo salão do universo
onde se espraia sem regresso
seu ser imerso no eterno
que valsa e versos soarão.

Que manás, roscas divinas
fará a Avó, mãos de neblina,
enquanto se me enchem d'água
os olhos e a boca de menina.

ABRAÇO PÓSTUMO

Cinge-me o dedo
vizinha à minha
a aliança dele.

No meio da noite
seu par de chinelos
acolhe-me os pés.

Através meus olhos
seus óculos escuros
este mundo espiam.

Também seu relógio
herança em meu pulso
marca vãos minutos.

Chaves e carteira
dele abrem-me portas
de acesso ao tangível.

Metonímia à parte
sinto-me abraçada
não só pelas sobras.

SOBRE VIDA E MORTE

Porque vida é morte adiada
e a hora que sobra, dádiva

porque piso ossos descarnados
e na carne ancestrais guardo

porque de salões de festa
desenterro cemitérios

chamo à vida sobremorte
e à morte sobrevida.

A CARA DA MORTE

Quando a vertigem do sono
deitou-me em vale de sombras
de relance te vi nu
correndo ao tanque das águas.

Só mais tarde, ao despertar
tua ausência me assombrou.
Precipitei-me água adentro.
Onde estás, menino afoito?

Então sob um cobertor
de fundas águas azuis
te vi deitado sereno
em duro chão de azulejo.

Consegui chegar à tona
pondo-te nos ombros qual
homem da Emulsão de Scott,
com seu peixe morto às costas.

Mas não eras um cadáver!
Deus! teu coração batia
suave, teu pulmão arfava
em meio ao rumor das águas.

Pude, enfim, nesse mergulho
de cara encarar a morte:
ela não é força que amor
mate ou de vez nos aparte.

INSÔNIA

Enquanto no âmago dos relógios
pêndulos e ponteiros servis
contabilizam as frações das horas
a noite vagarosa se encaminha
à aurora em trilha de silêncio e som.
Enrolados no cobertor do sono
vamos por túnel de carvão
e a viagem transpálpebras nos leva
a paisagens inéditas tecidas
de fantasias e sobras de vida.
Na insônia porém, a noite é açoite
vestindo-nos a alma de cilício
aludindo à Noite-Mor.
A que devora as pequenas noites
imprensadas entre miúdos dias
e é bem mais que a provisória
pausa do sol. Noite que extermina
o sistema universal de estrelas
passando à treva, treva definitiva.

DO OUTRO LADO

A quilômetros do abismo
tranqüilo,o recém defunto
de grinaldas coroado
toma chá com torradas
celebrando a travessia
pelo espelho metafísico.

RECEITA

Jamais desceu às raízes.
Ficou sempre pelas ramas.
Por isso é que ele sorri
e seu corpo vive em dança.
Trouxe a receita consigo:
a terra sólida trava
enquanto o ar macio embala.

SOMBRA

Pousa a sombra em cadeiras de balanço
esteiras fofas, alpercatas frouxas.
A sombra traz abraços de poltrona
colchões de lona contornando a pele.
Permite roupa já surrada, leve.
Providencia a brisa de jardins
pobres, com ervas que ninguém cobiça.
Cômoda rede, a sombra me relaxa
(acaba de vez com o baile de máscaras).
Por favor, não me tirem dessa sombra.
Creiam que nada me fará mais falta.
Viva a meia-luz regaço de mãe!
Salve a graça de em paz espreguiçar-me.
E mais, a sombra é prévia do futuro
estágio do definitivo escuro.

O PRECÁRIO OLHAR

A retina não alcança
o que escondido se trama.
Sequer adivinha o tato
o que além da pele cresce.
Lentes e lupas não suprem
a congênita cegueira.
Ficamos sempre aquém
da nítida linha onde o ouro
de um pormenor esplende.
Muralhas e crateras
o baço olhar não devassa.
Antes se embrulha em bruma
ou se molha nas espumas
sem chegar à medula.
Algemado ao óbvio, míope
nosso olhar impotente
não descasca o ovo da vida
nem colhe o sol em seu cerne.

SEMPRE

Sempre.
Palavra do desejo
utopia do eterno
hóspede do sonho.

Sempre.
Vocábulo da mentira
antagônico à vida
império do provisório.

Sempre.
Riscar a palavra falsa.
Mais: apagá-la de vez.
Só a mudança é sempre.

Lembre-se.

ARDIS DA MEMÓRIA

A memória evapora o concreto
arrasta o mais longínquo pra perto.

Memória, solução de permanência
metamorfoseia falta em presença.

Memória, cofre-forte invisível
armazena tesouro imperecível.

A memória nos ressuscita os mortos
além da terra. Além de seus corpos.

AS VELHAS GÉRBERAS

Não poder colher as gérberas
soterradas em jardins
de remotas primaveras.
E ainda assim conseguir
tocá-las com mãos sem tato.
Poder vê-las e cheirá-las
bem além dos sentidos.
Agradecer à lembrança
essa presença incorpórea
a restituir a sobra das horas
como legítima herança.

ILUSÕES

Ó ilusões, fantasias
neblina em pupilas
névoas contra vidros.

Embaçais o espelho.
O vulto do corpo
procuro e não vejo.

Por vós deixei
várias sandálias
sobre calçadas.

Por vós alcei-me
transviada no rumo
de andrômedas.

Asas abertas.

CHAMAS

Ano após ano
entre cantigas e risos
apagas velas acesas
plantadas sobre glacê.

Até o dia em que
te roubam da boca
o fôlego para o fogo.

É quando vento ignoto
(quem sabe o hálito de Deus?)
decide soprar de vez
a chama dentro de ti.

VELAS AMBÍGUAS

Vida véspera da morte.
Poeira nos olhos
o esplendor da hora
disfarça o velório.
Ardem ambíguas
as chamas das velas.

PRAZOS

Antes, chá nenhum esfriava
nem ponteiros se moviam.
Tinha pressa e não devia.
Pairava cega no vasto prazo
onde esferas, onde estrelas.

Agora, estou no tempo dos insetos.
e até se me quedo imóvel,
                                        vôo.

VISÃO

Vi mortos desabrocharem do solo. Eram súbitas, impetuosas árvores. Sacudiam os cabelos sujos de terra, como se o vento soprasse nas copas. A meu lado as lápides desmoronadas pareciam leves blocos de papel.

Os ex-mortos estavam sorridentes. Traziam lenços de enxugar lágrimas, grinaldas e palmas de flores nos braços como troféus de vitória. Retomavam a vida interrompida dizendo-se bem dispostos, depois de tanto sono. Os corpos sem marcas de doença.

Pergunto pela viagem, notícias do continente desconhecido. Dizem não se lembrarem de nada e me perguntam: E você, o que andava fazendo? Respondo que espanava lembranças, para que a poeira dos dias não as soterrasse de vez.

AO RÉS-DO-CHÃO

donec adspiret dies
et inclinentur umbrae

até que o dia raie
e as sombras desmaiem

Cântico dos cânticos 2:16-17

SORVETERIA

Dia de verão qualquer
no labirinto dos *shoppings*
os homens tomam sorvete.

Alguns engolem vorazes
receosos de que o mormaço
lhes arrebate a porção.

Outros, lentos, não acertam
com o creme fugaz o ritmo
da fome. Morrem na fonte.

Poucos os que se deleitam
fruindo o açúcar e a neve
sem dúvidas sobre a dádiva.

Existe quem torça a cara
às iguarias servidas
imaginando outras raras.

E quem enfeite o bocado
de caldas extras, perfume
de licores, nozes finas.

Todos um dia qualquer
terão suas taças vazias
lábios imóveis, mãos frias.

EM TRÂNSITO

Estávamos todos a postos
no salão do palácio.
Salvo férias e feriados
dia após dia, inclusive
sagrados fins de semana
plantões do cerimonial.
Depois começou a diáspora:
Hori foi para Nova York
em missão junto à ONU.
Clara pegou posto em Genebra
de onde mandou cartão
com receita de *fondue*.
Dionísio foi servir na Holanda
e acabou de modo trágico.
Mauro seguiu rumo a Gênova
e escapou de enchente histórica.
Fábio, salvo engano, passou
a esbanjar charme em Moscou.
Voltando do Oriente encontrei
Luiz Fernando com a mulher
e tomamos doce *orchata*
nas *ramblas* de Barcelona.
Beatriz, soube anos depois,
mudou-se para a Bulgária
embora sonhasse com Marrocos.
Tudo se deu há bem mais
de trinta anos e foi ontem!
No arquivo do pensamento
posso até revê-los. Todos,
ou, diga-se, quase todos
já se mandaram de vez.
Só que desta vez, ninguém
pode dizer para onde.

HOMENAGEM A ÍDOLOS

Morreu Mário Quintana
e a nação, de luto por Ayrton Senna.
Aquele entendia de homens
sondava os arcanos do ser
radiografava as almas.
Este dominava automóveis,
máquinas de pressa e poder.
Um à sombra recolhido
criava faróis de palavras.
O outro, filhote dos holofotes
vivia entre a *pole position* e o pódio.
Mário, Midas da linguagem
enriqueceu a humanidade
por dentro revelando o universo.
Glória da mídia, o outro carreou
riquezas a produtores e empresas.
Um enveredou pela eternidade
o outro deslizou na pista do efêmero.
À multidão de analfabetos e alienados.
passou despercebido o poeta Quintana.
Senna de campeão de corridas
passou a herói neste triste Brasil
campeão em acidentes de trânsito.

O CERCO

Antes se restringiam a bulas
e dicionários específicos.
Eram vagas, raras, virtuais.
Depois passaram a hóspedes
assíduas, bastante íntimas:
artrite, artrose, cirrose
otoesclerose, osteoporose
neuroma, fibroma, melanoma.
Foram fechando o cerco
migrando da abstração mental
para o corpo real de gente
carne osso unhas e dentes,
gente à mão, ao nosso lado.
Com doídas entranhas
mede-se agora a distância
entre vocábulos e fatos.

TROCANTER

Imprevista a palavra trocanter
sai do dicionário e a ti se apresenta
intrusa em teu corpo de carne e osso.
Transpassa tua camada anestésica
e se impõe na bursite, na osteoporose.
Então, surpreendida, pensas no feixe
das inconscientes partes que compartes.
Teu corpo um infinito continente
ambulante de que perdeste o mapa,
longo índice de líquidos e sólidos.
Descobres que há outro tipo de sono
quando o corpo navega alienado
como se não tivesse ao leme um dono.

DOIS TEMPOS

In memoriam de Marie Gabrielle Lou

Abraçada por árvores às vidraças
Marie em flor desabrocha na sala
e seu esplendor se espalha ao redor.
Revela-me a eletrônica tela
onde aquarelas florescem
langues botões, hastes, pétalas.
Viajará a Munique para mostrar
seus gráficos de tramas e traços.
Agora, na cozinha, faz a torta
do jantar quando receberá amigos
com velas vinhos papos e risos.
Confidencia enquanto peras corta
achei o homem da minha vida
e de seus lábios transborda
delicada uma incontida alegria.

Por que as finas mãos de Marie
um dia cortariam mais que peras?
Revejo-as entre flores toalhas taças
jamais entre cordas nós mordaças.
Por que teria Marie abandonado
o ser amado e o jardim das artes?
Dou retrocesso a lembranças...
Hóspede sua não arregacei
cortinas, nem abri gavetas ou cofres.
Naveguei à tona de ilusória água
alheia ao interior de dona e casa.
Não lhe roubei o segredo da alma
o caroço escondido atrás da casca.
Estes olhos cobertos de escama
de nada suspeitaram. Agora choram.

IN LOVING MEMORY

Maria Paula foi tomar
banho de mar em Fortaleza
e sumiu no ventre das vagas
com seu maiô de lã azul.
Fernanda, a aeromoça galega
que me traria de Lisboa
o Leal conselheiro de Dom Duarte
mergulhou com o avião
na baía de Guanabara.
(Era bela como poucas *misses*)
Odete e seu enxoval de noiva
bordado a todo capricho
a enxurrada arrastou sem dó
na enchente do Paraíba.
Glória, a colombiana heróica,
devorou-a um tumor maligno
escondido sob os cabelos.

Meu Deus, por que durei tanto?
Será para, em pranto, lembrar-lhes
a curta vida, o prematuro adeus?

TÉDIO SEM REMÉDIO

E lado a lado nos espojamos
débeis por anestésica paz
talvez vacinados contra a dor
pelo conforto de nos acharmos
ao cômodo alcance um do outro.
(Sabe-se bem: dedos não cobiçam
aquilo que as mãos podem tocar
e como de hábito escorrem os sonhos
pelas correntezas do impossível)
Assim mesmo próximos estamos
envenenados em dúbios ócios
viajando por pessoais desertos
distantes, mutilados e velhos.
Chegam manhãs com pródigas cargas
de lindas expectativas, pétalas.
Vão-se manhãs por neutros relógios
o coração armário vazio.
Trazem as tardes a falsa promessa
de aconchego nos lençóis da noite.
Logo a noite nos traga e devora
nas profundas do sono assassino.
Contudo resiste a bela colcha
que não ousaremos amassar.
Cometemos crimes contra o próximo
e crimes piores contra nós mesmos:
Vai-se a vida e sem sermos eternos
adiamos a explosão da rotina.

MURALHA

Agressiva e fria
a vitrine cintila
safiras na moldura
da injusta platina
e do impuro ouro.
Até que o punho
do homem com fome
em riste esmurra.
O vidro sendo vidro
se esfrangalha.
O sangue sendo sangue
escorre e coalha.
Mas a muralha, vejam!
continua intacta.

JARDIM DE MARIANA

Mal vê o tronco tombado
telhas e talos partidos
parasitas sem teto, ao léu.
Tudo não tem sua hora de queda?
O próprio céu não sofre fraturas?
Toda paz, a rigor, não é trégua?
Por isso parte ao encontro
das nespereiras molhadas
pelo temporal da véspera:
estão grávidas de mel
polpas lâmpadas acesas
nos galhos, asas e música.
Serena vai rumo à festa
sem o pesadelo da dúvida
sem o atropelo da pena.
Vendavais só lhe tocam a pele.

VENTURA NAS AVENTURAS

Eles zarpam em seus carros
crentes de que vão espairecer
em algum local da mata atlântica
longe de ruídos, buzinas, gases.
Pensam ir à região dos lagos
àlguma praia de mar maravilha
ou mesmo à ilha perdida.
(o carro de carona na balsa).
Pensam que vão subir a serra
trocar a cidade grande pela
cidade pequena ou vice-versa
nostalgia do verde ou do asfalto.
Não pensam rumar para a morte
mesmo quando escapam ilesos
dos freqüentes sinistros de estrada.
E nisso consiste a ventura deles.

MANAUS OUTRA VEZ

Lojas e mais lojas de ótica ao longo das ruas.
Em vão procuro lentes à prova de espaço e tempo.
Lentes que anulem distâncias soberanas, infinitas
e tragam até mim as límpidas imagens de antes.
Meus olhos se esforçam por desenterrar Manaus
vasto mercado sem teto, garagem a céu aberto.
Aqui e ali icebergs do neoclássico perfil:
a cúpula do teatro, o alto frontão de um palácio
mas lápides verticais logo interceptam a paisagem
e crua explosão de cores vem mascarar as
fachadas do sisudo casario vestido de cinza e limo.
Busco o discreto comércio, o recato da perdida
província onde se entrava por altas portas estreitas
pedindo a mercadoria a pessoa conhecida.
Tudo sem o menor escândalo, sem os escancarados
cartazes e os estridentes berros de alto-falantes.
Busco a quieta face oculta bem anterior ao caos
folias de Carnaval de três efêmeros dias
o aprazível recanto onde reinava um silêncio
rompido apenas por sinos e bondes sobre trilhos.
Nada do rugir selvagem do transitar incessante
nem da multidão anônima desfilando sem rosto.
Agora, mal avanço, carros tomaram as calçadas
e barracas acamparam carregadas de eletrônicos.
Estaco: a árdua persistência do verde me
assombra: vejo enfim fícus, oitis, mangueiras e
[mamoeiros.]
Todos atestam o milagre, fruto das fecundas chuvas.
Anos a fora cresceram, porém ficaram baixotes
junto a imóveis manadas de exóticos elefantes.
Procuro em vão igarapés a fluir sob pontes
arrastando ribanceiras, galhos, troncos, folhas.

Não mais canoas, banzeiro, alagadas cuieiras
nem flutuantes, palafitas, touceiras de canarana.
Só mesmo infectos dejetos, poças gangrenas de
[lama],
casebres de restos, folhas de zinco, escórias,
[miséria.]
Das submersas, semi-extintas e humilhadas águas
somente um manto de mato denuncia-lhes a
[umidade.]
Para rever a cidade, fecho os olhos.

Manaus, 2003

DAS COISAS

Algumas são perecíveis.
As comestíveis, por exemplo,
tão assimiláveis e semelhantes
nas urgências e desgastes do corpo
tão irmãs no destino decadente
mergulham conosco na voragem.

Outras são descartáveis
e se afastam de nós cada vez mais
rejeitadas por nossos gestos
rebaixadas a lixo e ainda assim
recicláveis com direito pleno
à metamorfose e reencarnação.

Grande parte das coisas
é de assombrosa resistência
matéria incólume pelas eras
muralhas e pirâmides de pedra,
pontes, arcos e torres de ferro,
coroas de ouro e diamante.

Efêmeros seres em trânsito,
devemos conviver com presenças
tão duradouras que até diríamos
participantes da eternidade.
Destas mantemos distância
devido às incompatíveis esferas.

Abro o guarda-roupa e encontro
os casacos com que meu filho
enfrentou a neve de Chicago
e caminhou ao sol da Califórnia
a camisa de um ido Carnaval.
Restos de seu rastro no mundo.

Não fosse a vida humana
assim breve, impermanente
poderia vesti-los a qualquer instante
perfeitos, embora pendurados
bem mais de uma dezena de anos
nos ombros fantasmas dos cabides.

Como disse um amigo às vésperas
de seu embarque definitivo:
o mundo só se acaba pra quem morre.
Daí a sobrevivência das coisas.
Apesar da aparência precária
de mudez e paralisia, resistem.

Longo é o circuito de tantas coisas
pequenas enquanto o tempo nos destrona
derrubando-nos ao rés-do-chão.

DESPERTAR

Acordei
com os galos da madrugada.
Em vez de engrenar a rotina
fiquei ciscando mistérios
no terreiro do mundo.

Avaliei
meu cansaço colado
ao corpo, indesmanchável
no conforto do colchão:
ossos pedindo socorro.

Acordei
para a evidência inequívoca:
eu vizinha da partida
rumo ao sono fundo e longo
na cama definitiva.

BUENA DICHA NO LARGO DO MACHADO

Afastai-vos do pedaço
ó coloridas ciganas !
(fecho minhas mãos em figa)
Sei de sobra do passado
fácil é prever o futuro.
Não me adiantam os detalhes
que podeis acrescentar.
São inúteis feito tranças
brincos pulseiras colar.
Tudo o que a mim interessa
é a volúpia da hora
que passa em pressa veloz.
sob o milagre do olhar.
A tarde desabrochada
em tanta luz provisória
banhando-me corpo e alma.
Eu proprietária da terra
enquanto a festa durar !

CERTO BATE-PAPO SOBRE O INCERTO

Falou do outro mundo com absoluto conhecimento
[de causa.]
Deu até pormenores sobre a roupa dos anjos
e a balança em que a alma seria pesada.
Como sabes tanto se nunca foste lá? Acaso
[te chamas Lázaro?]

Pela fé a gente sabe de véspera, dona. Creia.

ARQUIPÉLAGO NO CYBERCAFÉ

O bailado de dedos em teclados
trinca de leve o silêncio da sala.
No mais, nem vozes ou sussurros sequer.
Faces avulsas miram embevecidas
as coloridas janelas quadradas.
Cada qual em segundos logo zarpa
em invisível solitário barco
atravessando países do mundo.
Ágeis mensagens viajam paisagens
Palavras e imagens cruzam desertos
urbes montanhas vales bosques mares.
Em assentos vizinhos, cada qual
de sua ilha lança etéreas pontes
a distantes paragens e criaturas.
Mas ninguém percebe as que estão
ali ao alcance das mãos.

A 30 DE FEVEREIRO

A 30 de fevereiro próximo
entrarei no gozo do ócio.

Férias, licença, alforria?
pouco importa a terminologia.
O *habeas corpus* será concedido
sem precisar ser requerido.

Aposentarei relógios vários
agendas, lembretes, calendários
e me abrigarei sob o teto
do melhor dos arquitetos.

Vacinadas contra tarefas
não terão as mãos função
de comandar ou executar.
Algemas? coisas hipotéticas.

Por enquanto é pacientar:
caçar palavras poéticas
fabricar utopias provisórias
dar corda em boas memórias.

A data já está marcada:
30 de fevereiro, ano da graça.

AMOR NO PÍER

Confesso: o amor por ti
não atravessou o mar.
Só molhou as pernas na espuma
e temendo vagas, dunas
não quis cavalgar o vento.

Confesso: o amor por ti
deixou-se ficar no píer
sem percorrer ponte alguma.
Acenavas terra ao longe
a ventura de outra margem.

Meu amor ficou no meio
refém do medo de risco.
Queria apenas passeio
a bordo escuna sem lastro.
Nunca a viagem de fato.

MÚSICA DE CÂMARA

Não teve mãos
para tocar-lhe a guitarra do corpo.
Não teve lábios
para tocar-lhe a flauta de carne.
Que música de câmera
abortaram no silêncio!

APAIXONADA

Mulher apaixonada
não pondera o passado
nem do futuro indaga.
Trilha abismos no escuro.
Descalça vai pela neve...
salta em poços pula muros
atravessa mil correntes.
Mulher apaixonada
faz até o que não deve.
Do amor próprio se esquece.
Rasga seu rico dinheiro
sorrindo bebe veneno
descarta pudor e juízo
vende a alma ao demo
e se crê no paraíso.

CANTIGA PARA NINAR ADULTO

O deserto da insônia
pouco a pouco se povoa
de lobos, onças e sapos
vindos de velhos telhados
tisnados de mofo e medo.
Investigo o chão do mundo
e suas fronteiras de trevas.
Quero crer que tudo, apesar
dos pesares, está perfeito
e não há nada a ser feito.
Que na prestação de contas
não haverá saldos nem débitos
só o milagre do equilíbrio.
Cada qual com o que merece:
dores e gozos pesados
em iguais estáticos pratos,
as derrotas e as vitórias
de equivalentes grandezas.
Tudo bem exato se ajusta:
fardos na medida certa
de nossos ombros tão vários.
Faço de conta que existe
a sábia celestial balança
tornando as queixas inúteis
qualquer revolta absurda.
Juízos ? Puros equívocos
frutos de humana cegueira.

Digo pra mim que a justiça
divina se esconde atrás
de neblinas e aparências
e posso enfim, por que não?
dormir em paz. Afinal,
não descubro o que me cabe
fazer de mãos algemadas.
Tudo desde sempre perfeito.
Não é o mundo obra de deuses?

NEOCAPITALISTA

Em troca da vida
e em vassalagem ao corpo
vendeu a alma ao diabo.
Logo se justificou:
alma não paga aluguel
imposto nem condomínio.
Sequer de comida
roupa ou remédio carece.
E aqui nesta terra
grátis, só mesmo prece.

MAC MUNDO

Pelas esquinas e estradas
brotam do império tentáculos
em mac mesas e balcões
de comida programada.

Vestindo uniforme certo
carboidratos e proteínas
embalados em pacotes
de dobras formas medidas.
Fritas feitas pelos cortes
de exatas facas elétricas.

Ali mac bocas mastigam
o mac pão em padrão fixo
de militares fatias.
Ali as mac bocas falam
marshmallows burgers nuggets
pedem *cokes gatorades*
cantarolam *happy birthdays*
entre *donald ducks* e *mickeys*

Pragmáticas matemáticas
e aboliu-se o artesanal
as mínimas variações:
cor calor sabor e peso
mais preços fixos previstos
na regra das estratégias
e dos mercantis ardis.

Mãos metálicas nas fábricas
da indústria da fome abolem
as mil imprevisões do homem
e regalam à massa anônima
a anestesiadas papilas
o produto sem magia
fruto de pressa e rotina.

E as bocas outrora bárbaras
sentem-se civilizadas
com o fim de canibais
reles hábitos ancestrais:
não mais peles tripas línguas
orelhas joelhos coxinhas.
Sim, julgam-se promovidas
visceralmente engolidas
nas goelas do mac mundo.

A TORRE ABOLIDA

Dentro do cordão de isolamento
tranqüila sob cautos capacetes
a poderosa equipe instaura o sinistro.

O que caberia a sonolentos séculos
a dilúvios e ventos vândalos
a chuvas de supermoroso milênio
cumpre-se em súbitos segundos.

Primeiro o barulho de comedidos decibéis
ruído veloz incapaz de incomodar
os tímpanos circunstantes...
a seguir os muros desmoronados
e a nebulosa de pó
                                        avançando bem comportada
brincando
                      de mínima explosão cósmica.

Homens sacodem lapelas
                                        certas janelas se fecham
pelos e cabelos rápidos encanecem.

Afinal
              a clareira aberta
                                                o vão da torre abolida
num desabar
                         enxuto
                                       limpo
                                                   previsto.
Nada
             de escombros
                                         ou respingos de sangue.

Nenhum luto
ou grito.

O espetáculo
devidamente televisionado
(mini-terremoto civilizado).
Apenas a fratura
na paisagem consagrada
arrepio de susto
no rosto de alguns
alegria selvagem
no olhar de muitos.

Astrid Cabral é poeta, ficcionista e tradutora. Nasceu no Amazonas, morou no Oriente e EEUU. Radicou-se no Rio de Janeiro. Licenciada em letras neolatinas e em inglês, foi professora da Universidade de Brasília e funcionária do Itamaraty. Publicou doze livros, além de traduções. Recebeu inúmeros prêmios e participa de mais de 40 antologias, nacionais e internacionais. Viúva do poeta Afonso Felix de Sousa e mãe de cinco filhos.

Índice

Este livro, oitavo da coleção Canto do Bem-Te-Vi, foi impresso em abril de 2007 para a Bem-Te-Vi Produções Literárias Ltda. em papel pólen soft de 80 gramas, com tiragem de 1000 exemplares pela Imprinta Express Ltda. Rio de Janeiro, RJ